人间壶途

江九胜 著

黄河出版传媒集团
宁夏人民出版社

图书在版编目（CIP）数据

人间壶途 / 江九胜著. －－银川：宁夏人民出版社，
2023.10

ISBN 978-7-227-07862-3

Ⅰ.①人… Ⅱ.①江… Ⅲ.①诗集－中国－当代

Ⅳ.①I227

中国国家版本馆CIP数据核字（2023）第197187号

人间壶途
RENJIAN HU TU

江九胜　著

责任编辑　白　雪
责任校对　闫金萍
封面设计　吴新财
责任印制　侯　俊

 黄河出版传媒集团 宁夏人民出版社 出版发行

出 版 人　薛文斌
地　　址　宁夏银川市北京东路 139 号出版大厦（750001）
网　　址　http://www.yrpubm.com
网上书店　http://www.hh-book.com
电子信箱　nxrmcbs@126.com
邮购电话　0951-5052104　5052106
经　　销　全国新华书店
印刷装订　青岛国彩印刷股份有限公司
印刷委托书号　（宁）0027515

开本　890 mm×1240 mm　1/32
印张　6.75
字数　130 千字
版次　2023 年10月第 1 版
印次　2023 年10月第 1 次印刷
书号　ISBN 978-7-227-07862-3
定价　56.00 元

自序

    我在青少年时代就有一个写作梦想。我偶尔会从母亲拮据的口袋里要一点小钱,然后利用周日时间,骑自行车去十几里外的镇上书店购买文学方面的图书。书本买回来后,一次次阅读,一次次模仿,一次次投稿,希望把所有文字变成散发着淡淡墨香的铅字,但一次次石沉大海。后来,因为学习压力不断增加,我逐渐放弃了写作,尤其是工作以后,为了生计,更是彻底放弃了写作。在我四十五岁左右的年纪,一些冰封在人生冻土中的文学种子呼之欲出,不断警醒着我营养贫乏的躯体,于是,我又重新开始读书补充营养,平时也非常注意把一些不经意迸发出来的、自以为还不错的语句及时进行记录。我要感谢我家小区旁边的青岛奥林匹克文化公园,它给予了我非常多的创作灵感,公园里的每一个景点几乎被我尽收相机,正是在一次次的行走中一次次灵光乍现。我要感谢文学道路上的一些朋友,他们给予我不少的鼓励和指点。虽然我的创作谈不上多有水平,但我能感觉到自己在一点点进步。

    这部诗集也算是对自己五十五岁人生的一次小结,鞭策自己一直坚持写作,把一些回忆、所见所闻和人生感悟用文学的语言表达出来,也是对自己数不清的挑灯夜战做一个交代。总之,各种意味尽在其中。

江九胜

2023 年 6 月 5 日于青岛市城阳区

目录 CONTENTS

第一辑　分割也是一种香甜

第二辑　时间的发条

第三辑　一道刻痕被时光掠过

第四辑 有一段记忆叫怀乡

第五辑 像一片落叶

第六辑 太阳的弃儿

第七辑 穿越

第一辑

分割也是一种香甜

在香山深处

我不是大山的孩子

简陋朴素的农家小旅馆

费尽心思把我哄睡

生物钟真是个称职的更人

像昨日一样把我拽醒

除了麻雀是我熟悉的朋友

其他的鸟儿

都跟我说着方言

同属相的公鸡不解人情

一下子就把山谷唱白了

自行车

骑一次单车
就像羽毛追一段时尚

想起儿时的自行车
我的身子突然重了起来

用裤腰带勒出来的车子
驮着的是全家人的命

中年

倔强的竹子
面对柴刀一声不吭
当头颅落地
就吹出一曲笛音

生活的绳索机关算尽
我中年的骨头
拍去亲如爹娘的尘土
继续奔跑

每天举过头顶的日子
把白天拷问成黑夜
我没有屈打成招

顽疾

橘色的环卫工
审视着城市的边边角角

一辆橘色的轿跑
优雅地降下墨色的玻璃

一个纸团划出一道抛物线
阳光充足,纸团折射出光亮

橘色对橘色置若罔闻
柏油路像一张黑色的宣纸

环卫工默不作声地走到纸团跟前
像一位水墨画家

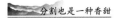

拆迁通知

一个通告就是一纸通缉令

罗列着老屋、树木、锄头，还有镰刀

有人看后背手而去

像看到了名列三甲的黄榜

有人念念有词

像寺庙里的出家人

还有人眼底温度骤升

想射出一团火把通告烧成灰烬

我是名落孙山的流浪者

只希望被斩首后

有一条根茎潜伏下来

怀念

一棵老树被火烧过
如清瘦的母亲穿过炉膛

今天, 树上的枝条弯下了腰身
它们的样子像清明的祭奠者

一个孩童麻利地钻入树洞
如急于返回子宫的我

注：此诗写于母亲节前夜。

水珠划痛我的脸庞

路过一片农田
两个瘦小的身躯
佝偻成锄头

草菅人命的草疯长
花白的锄头低过青草
淹没在庄稼深处的爹娘浮现

两滴水珠划痛脸庞
抬头看看天空
太阳如容嬷嬷一样毒辣

茶道

天空的云如大兵压境
雨紧一阵慢一阵
急于破窗而入
茶叶在玻璃杯中沐浴
旋转,落下,浮起
我拾起桌上的武侠小说
——《笑傲江湖》

雨天，铁皮屋里喝茶

铁已经淬火
头顶上爆炒着豆子

房檐下挂起的珠帘
落在地上声声喊着痛

玉露伸长了花枝
茶水的温度低过气温

水雾从窗户的狭缝拥入
潮湿的心落笔成行

嫁女

走向女婿的父亲
脚步越来越慢
被女儿扶住的胳膊
始终保持着一个姿势
三十米的红地毯
他仿佛走了半辈子

把闺女的手转交给新郎
父亲的手迟迟没有收回
仿佛这一次的传递
抽走了他全部的骨血

满足

打开落满灰尘的铁门
肚子就开始喊叫

下意识地喊了一声
连接邻居的墙头
就翻过来一股饭香

又喊了一声
墙体就递过一些锅碗瓢盆

再喊一声
一只蜘蛛收回了它的吊床

起身准备离开时
拍了拍雕刻过的额头
就像一顿农家宴
把肚皮填饱一样满足

拮据

花一样的少年
日出而学, 日落也学
他们的动作整齐划一
弯腰弓背, 脚步匆匆
书包, 作业, 辅导班
在时间的缝隙穿梭
就像我童年洞穿的口袋
富足而又拮据

亲子运动会

五条红领巾
驮起了一只乌龟
五个高低胖瘦不一的家长
拎起了一只兔子
兔子飞越过白线
乌龟背向白线而去
这瞬时的擦肩
是一项使命的完成
也是一项使命的开始

芒种日走进邻里节

芒种日走进邻里节
有熟悉的和不熟悉的
他们都带着麦子的体香
是我想亲近的人

艺术家们把自己铺成宣纸
古筝弹出的都是墨宝
书法拉着家常
画里画外都是好河山

太阳不求金榜题名
雷公扯开了嗓门
雨落地的声音颗颗饱满

注：芒种日，端午节前日，天公作美，细雨霏霏，区文联组织区文艺志愿者参加小寨子社区"崇德尚礼，阳光邻里"邻居节活动，有感而作此诗。

端阳日

一年吃不了几次粽子
今天的粽子是个投江的人

春花, 夏粮, 秋果, 冬雪
四季是一本清晰的明白账

万千大军奔向九毒之首
都期待着金榜的青睐

放眼锋芒毕露的金卷
我剥开麦子般的胸膛拷问太阳

话茶

茶不是渴了才喝
它是在等一个思念的人
周一到周五母亲从不一个人喝茶
白开水才是她的常态

周六或周日打给母亲的电话
总会引沸一壶开水
茶杯端坐在小餐桌上
竖着耳朵盯着大门

儿子九岁了
这个与奶奶擦肩而过的少年
常常会煮沸那杯
至今有余温的茶水

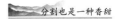
没有父亲的父亲节

三十年的河
今天又泛起了浪波

邀您做我的茶客
不谈您喜欢的酒过三巡

这杯浓茶
就是三十年的阴阳之隔

茶过三巡
朋友圈又挤爆了
《我的老父亲》的歌

竹子

谢幕的是一曲笛声

对于刀砍斧伐, 它们
一刀硬过一刀
即使连根拔除

昂起的头颅不是骄傲
垂下的叶子
也无关懦弱

苔藓

阳光被黑夜分割
被乌云分割
高山、树木、建筑都被分割
那么多的嗷嗷待哺需要供养

在阳光的背后
在阴湿的角落里
它们挤成一堆堆的绿色
发出坚毅的光芒

粉煤灰

在我发了霉的童年
偶尔翻捡出
粉煤灰做成的煤饼子

两个刚成年的姐姐
趁亮出发，日落未归
木质的地排车
在父母的心头滚动了三十多公里

村东头的公路上
父亲的目光把傍晚望得更黑
仿佛四周
都是闺女拖回来的粉煤灰

直到粉煤灰般的姐姐出现
父亲的眼睛
才点亮了两盏油灯

大暑

行人退室还路

群鸟不再抛头露面

蜻蜓点到为止, 不与尖荷久聊

一些昂扬的斗志敲起了退堂鼓

所有的声音仿佛都在消音

只有知了撕心裂肺的喊声

一浪高过一浪

盛夏的夜

我相信白日的烈焰
是知了无休止争吵后的擦枪走火
它们耗尽了体力

每一台空调室外机像太阳的帮凶
口气依旧火味十足

蝈蝈的嗓门深一脚浅一脚
穿透夜的身体

从窗户的缝隙闯进室内
仿佛要用单调的昆曲
为浮躁的心降温

在老家偶遇老屋

回一趟老家
偶然看到一栋村里最老的旧宅

黑色的瓦片泛着白
如寒冬的霜浸透了四季
旧的木质窗户
在垂暮老人的视线中筑起了篱笆
层层剥落的土坯墙
把皱褶的皮肤刻得更深

远远看了几眼低矮的老屋
门口老两口的头向土地探了一探

两棵歪歪扭扭的老刺槐
再也扶不直佝偻的腰板
一阵风吹起
把我的眼睛摇晃得生疼

谈起肤色

生人以口蜜腹剑馈赠：
男人就该有小麦一样的肤色

半生不熟人的会以诗与远方相待：
洗海澡还是旅游了

较熟的丁是丁卯是卯：
非洲是你的难兄难弟

滚瓜烂熟的莫过于自己：
我这是自然灾害

立秋

雨，一阵紧过一阵
都急着去赶一趟浑水

闹得最欢的知了眼睛暴突
把利刃嵌入树的皮肤

狗狗紧贴着窝里的地面
像个不知所措的孩子

一辆接一辆的车排起了长龙
像一队行动迟缓的囚犯

立于闪电锋尖上的夏天
向徐徐而来的秋拱手相让

宿命

一枚果子的落地
不外乎三种结果
粉身碎骨
完好无损，些许阵痛
一半伤痕累累，一半保留光鲜

而我五十岁的人生
褪去了海水
熄灭了火焰
只剩下瘦骨嶙峋的礁石
依旧，棱角分明

对于雨

对于雨
我始终存有敬畏之心
它们高高在上
视万物却云淡风轻
在降临凡尘之前
像一条洁白的哈达

雨俯冲的样子像射出的子弹
可以不枪枪见血
却可以叫一些污浊无处藏身

雨落下的初心不是同流合污
只是做一个悄无声息的隐者
剔透一片叶子
或者是
在洁白的接生布上
落下一声没有杂音的啼哭

分割也是一种香甜

八月的桂花
应该香了
我院子里的桂花
绿叶上只开着尘埃
没有辜负去年的花
今年的花期错过了我
就像十五的月饼
缺少了母亲的抚摸
才能感觉到
分割也是一种香甜

第二辑

时间的发条

一束光

家距离乡镇路有三里地
回家的路
是两个人擦肩的宽度
两边的树林像幽灵的翅膀
向暗夜飞升

下了中班的女儿推车在前
腿有残疾的父亲握着手电筒在后
一束光一瘸一拐
努力地寻找着着力点
自始至终

独轮车

生下就注定独立行走
说是独立
其实并不孤独
左膀右臂是他的兄弟
那个中间的我
是从朝霞走向日落的苦力

一路负重
左倾和右倾都有危险
车轮碾压下的薄冰
平静中隐着狰狞

当车轮停止转动
前程有奈何桥
转头就是无边海

心疾

心理有疾
暗疮就会集中发作
院子里的狗狗撒着欢儿
像是在炫耀
我若是摇摇尾巴
它就会施舍一份自由
而不是一根骨头

秋天印象

过了立秋
攀附在树梢上知了的撕心裂肺
就开始降温

茂密的树叶像一个中年人
逐渐微黄、稀疏
枕头边就多了些脱发

乘着凉爽的晚风
适合听此起彼伏的昆曲
饮一壶仓味十足的熟普

一枚红果落地
那定是赶着节点
前去投胎

乡音

蔬菜面黄肌瘦
向日葵迷失了方向
篱笆墙的影子不再拉长
皲裂的老槐树熬塌了北墙
每一堵山墙上
都附着一枚血色的咒符

高楼越来越近
流经村南的小河越来越瘦
无须多年
仅存的一点乡音
也会没了立足之地

一棵古树

一棵古树
被钢筋水泥碾压
抗击过天雷
也数经刀斧的蹂躏
像一个最后的武者
显得格格不入

周边铁窗般的高楼
一栋密过一栋
它挖空心思逃离
像一个囚犯

梧桐树

老家的旧时光里
梧桐树种在院墙内
它长势迅速
像邻家的半大小子
几年不见
已是壮实的小伙

梧桐树可以烧火当柴
可以做木箱打家具
更想伸出橄榄枝
招引院外的凤凰

时间的发条

残留的花
驱赶着时间开放
路上的树叶
先于疾风落下
挂满的果子
逐渐染红晚霞

一位拾荒的老者
头发在风起前凌乱
凸起的肋骨
像等待采摘的柳条
弯曲的脊梁
像老牛拱起的暮色

伸出的每一只手
都想掐住时间的发条
听一声最后的雁鸣

轮回

光明是黑暗的极致
寂静是喧嚣的清道夫
就像沙漠臣服于绿洲
就像午夜
倾情于忽高忽低的烟头
而我寂寥的中年
是十六岁时的转世
诗歌, 是轮回的经文

苞谷与祖国

一棵苞谷在十月里饱满

从零海拔到八千八

长势喜人

从巴颜喀拉山到渤海口

黄皮肤不曾改变

从唐古拉到东海之滨

流淌的乳汁哺育了两岸

我看到嘉峪关腾飞的巨龙

绵延到老虎山

每一棵苞谷

把五十六朵花举过头顶

绿色的军装威武雄壮

我听到祖国的心跳

波澜壮阔

鲜艳的旗帜沸腾了血液

我听到呼啸的高铁

遍地交织的声响

长征飞跃
苍穹继续长征
恢宏的航母劈波斩浪
和谐的苞谷啊
奏响了优美的进行曲

蒸馒头

小麦粉身碎骨的痛
石磨知道
从早走到黑
也走不出一个圈

水是万念俱灰的重生
经历过你中有我
我中有你的蹂躏
它们相处得面和心也和

膨胀来自抱团取暖
面慈心空的麦秸下
隐藏着波涛汹涌
聚散生死
时间才是主宰

软肋

有时候会生出一个念头：
悲悯之心是诗人的致命弱点
我不敢自诩为诗人
为何我种养在心田的土地
常常会遍体鳞伤

我虔诚地站在神像前
抽出的卦签
有的慈眉善目
有的会戳中我的软肋
像一把把刀子

清晨的山村

山村积攒了一夜
一些叫出名、叫不出名的鸟鸣
早就按捺不住
像四处飞溅的火星

推开老屋的窗户
一团火焰扑面而来

重阳日

无须登高
思绪已开始远眺
茱萸遍地
一些白浓过了绿

野菊花疯长
也长闪烁的露珠
那是父母挤出的
最后几滴苦

天眼

母亲患白内障
近乎失明
糖尿病也潜伏在体内
伺机而动
力排众议后
一只眼做了复明手术
陪母亲喝茶时
我顺手拽过一个茶杯：
"换一个吧，
杯子上有一个破口。"
定睛一看
那只杯子
像开了个天眼

深秋印象

秋风起, 倔强的水草矮了一截身子
被水滋润过的河床趁机抬高骨架

柿子树咀嚼完叶子和一些果实
骨头就清晰硬朗起来

一队队的玉米秸像前赴的尖刀
立起的麦苗像蜂拥的后继者

落单的雁鸣是偷猎者自讨的嘲讽
泣血的土地裂开了伤口

黄牛的脚步不紧不慢
一些白由远而近

收工的农者拍拍尘土
身上咸涩的晶体点亮了晚霞

老家的集市

十月的周末
阳光把所有的云朵驱散
满大街的摊位
都在叫卖着自己的好

城里的熙攘
像一条勒紧的领带
每次呼吸
都是一次挣扎

从东走到西
这条五天一热闹的老街
每每经过
都会把我缺氧的肺泡
点燃

一院知秋

太阳透亮

一串串葡萄红得发紫

肆意伸展过的金银花

已是明日黄花

墙根的佛肚竹

依旧念念有词

女儿圈养的三只狗狗

紧挨在一起取暖

枝繁叶茂的桂花树

已经举起了千杯万盏

投诚

丰满的河流越来越瘦
命硬的青草俯身低头
红过二月的叶子向土地聚集
丢弃的羽毛又摇动起织机

风把时间打成了卷儿
像一个远足的游子
向由远而近的白投诚

钢钉样的少年

扭曲的文字把双手扶正
蹒跚的路把双脚拉直
喉咙里攀爬出的语言
与萎缩的舌头拉锯

对面的建皓说：
"十八年了，妈妈没有放弃，
这个家没有放弃，我更没有放弃。"
每一句坚毅的语言
像一枚枚笔直的钢钉
修补着我健壮的身体

拜谒王羲之祖居

树上的柿子正好丰乳肥臀
半坡的枫树也着妖艳的装束

文岗兄如一支豪放的狼毫
牌坊两边柱子上的字书写得苍劲有力
他邀约方式火辣
像皋虞村田间地头的红辣椒

仕尧书记少言寡语
像伫立在村口的白杨
谈起羲之祖居
汉朝的风穿过牌楼徐徐吹来

路东刘氏石像威严成一排王侯
路西王氏雕塑浩然成一列将相
穿街而过
仿佛又狼烟四起,呐喊声震

村内农舍错落有致
像皋虞古城的墙砖秩序井然
交织的小巷是一个二维码
手机一扫, 我们就进入了汉朝

王吉古墓群论辈排位
它们上下一团和气
和为贵, 是王氏家风
却不是大汉治天下的雄心

参差不齐的芦苇遍野白发
远处的炊烟像一炷香

顺坡放眼, 尽是天下
流淌的笔墨
挥写皋虞王氏春秋

黑与白

小寒日下雨了
雨量适中
记不清入冬以来下雨的场次
签到簿上
我给雪依然勾着失约的符号

冬天的白总是少过黑
多余的黑
总要一些白来掩盖

向温暖靠拢

数九天下雨
适合喝茶,读书,向温暖靠拢

书里的老人
把两只手揣进黑色的棉袖
一顶旧毡帽
散发着父亲的味道

水珠顺着玻璃淌下
我模糊的双眼
耸起一座山
由远而近

打磨生锈的记忆

年越来越近
是时候打扫旧屋的尘事了

总有些冷不丁的疑问：
"为何不出租老屋？"
蜘蛛网织得密而坚实
陌生人的气息无法穿透

灰尘落满一年的人间烟火
靠在墙根儿的锄、镰、锨、镐
打理着十年的人去屋空

总有一些日子需要归隐
与蛛网对视
与墙根儿的农具
打磨生锈的记忆

希望

冰还没融化
气温继续在零度以下徘徊

所有的面孔都是一副口罩
分不清哪张温暖, 哪张冰冷

芦苇大半在冰层上
从根部冒出的绿箭蓄势待发

天上的云层还没有散尽
一缕阳光流淌进我的诗行

春雪

一切都在寂静中发生
像夜里哭泣的天空
像哭泣后这场素缟的雪
像雪后暂且掩盖的一切
春天的雪更有杀伤力
像一场盛大的哀事
庄严肃穆, 悲凉忧伤

我相信生命的力量
玉兰花万箭待发
冻土下种子开始伸展胚芽
路边雪人头顶上的红帽子
像一团燃烧的火

二月的枝头

这个春节空前的静
准备酣畅淋漓的炮声
发热, 胸闷, 偶尔咳嗽
雪洒下洁白的悼词
雨润着世间万物
风在二月的枝头
飘摇不定

一颗孤独的星星

站在阳台
对面楼上的灯火
如昨日一样各自散发着亮光

越过楼顶
一颗孤独的星星
用清冷的眼神俯视着我

你盯了我多年
我今晚又与你相遇

鸟巢

十年的桂花树

我从来没有修剪过

就像这个春天

一个多月没有理的头发

几刀下去

一个精致的鸟巢阻止了我的屠刀

我相信鸟还会回来

剪掉的头发还会长出

包括一些思绪

去原野

我想到原野去

让三月的细雨

把我淋湿

让泥土

把我融进土壤

把我所有的肺泡

贡献给空气

一只失群的白鸽

腾空而起

翅膀扇动过的枯草下

一些破土的生命

飞奔而来

第三辑

一道刘痕被时光掠过

三月的雨

人的足迹

动物的爪痕

被风划过的伤口

一切都不重要

三月的雨

跨过楼宇,翻过院墙

从一根枝条滑向另一根枝条

它们不急不躁,步履优雅

走到田野间停下

它们俯下身子的样子

像一个精耕细作的农夫

惊蛰

应该有一声惊雷
即使今天万里晴空
沉睡的草木需要唤醒
整装的归燕等待一声号角

冰河断裂的爆响
催赶着溪流
喜鹊不合音律的节拍
惊动了睡眼惺忪的昆虫

而我加速的心跳
是故乡泥土复苏的一个信号

总有一抹绿涂满四季

几个弃用的花盆
相拥在背阴的角落里
像一堆失败的雕塑
没有作者
甚至
一席之地也是多余

桂花醉了八月
葡萄垂下深秋的喜悦
稍有疏忽
野草从青葱到暮年
而那些被抛弃的花盆里
总有一抹绿涂满四季

暗香

小区的内街
像华灯下的 T 台
月亮眯着眼睛俯视

一只孤独的夜猫
优雅地穿过

结香花害羞地垂着头
它纠结的枝条像一位少女

当树的影子把月光拉长
有一阵暗香
轻抚过我的脸

我与真相一屏之隔

带着哨音的南风越吹越响
我的视野依旧没有拉长

在这铁桶般的围城里
我与真相一屏之隔

院子里的金银花冒出嫩芽
也有一些野草死于去年暖冬

麦苗应该返青了吧
我还没能去看看
它们脸上的冻疮是否愈合

关于写诗

不敢自诩会写
喜欢上了就得笔耕不辍

写到城市，下笔硬邦邦的
像钢筋水泥
写到农村，笔尖柔软无骨
像松过的泥土

城里的草与乡下的草
一样杂乱无章
每次写诗
都想把脑子里的草
从根部修剪

腿赢不过镰刀

还没割完的半畦油菜开花了
黄色的小花像盛开的野菊

老家的西邻去冬走了
一位年近七十的老把式
他执拗的性格
如那把一半插进泥土的镰刀
对于草菅菜命的野草
他向来毫不留情
腿赢不过镰刀
像一棵倒下的油菜

头七没过多久
一则告示传遍全村
承包地要回收搞开发了
他的土地位列其中

西山高过夕阳

粗壮的垃圾桶
张着大口
瘦弱的拾荒老人
踮着满是污渍的脚
半身在里
半身在外

编织袋盛满废品
高过拾荒人的头
此时
西山高过夕阳

写自己

写过钢筋水泥的城市
写过柔情似水的乡村
站在分水岭上的我
下笔维艰
想到"壶"
顿觉五味杂陈
想到"途"
顿感前路已过大半
抬头看看窗外
一只负重的蜗牛
在玻璃上缓缓地攀爬

赏梅

梅园的梅花开了
阳光从阴云中走出来

一群赏梅人摆弄着手机
一些梅花还没有开放

我面对着朵朵花儿
它们有的张开了笑脸
有的把微笑藏在心中

母亲

小时候
你是我的风景
酸甜苦辣
你为我全部吞咽

长大后
我是你的风景
阴晴圆缺
喜悦是你不变的色彩

而如今
我们互为风景
你牵着我，我挂着你
我们隔世相望

墓碑

我的泪不够多
滴不穿你的身躯
我的手不够硬
抚摸过后
留不下一丝痕迹

我血气方刚
在转身的一瞬
只牵走了
你身上的一棵艾草

开春

日子静默

人们都在闭门思过

被苦难的白沙河平静了下来

每天把太阳从东数到西

白沙河也泛起了涟漪

它窃窃私语的声音

多像桃花张口就来的情话

土地，是我的底色

黄金的色彩
总是那么的耀眼
童年小草的嫩绿、枯黄
才是我忠诚的玩伴
还有庄稼的饱满
是农民最爱的颜色

静穆的雪掩盖着荒芜
每一片晶莹
都闪耀着一枚阳光
庄严的夜色
掩盖了所有的喧嚣
每一颗星星
都发着朴实的光

城里的霓虹灯
迷失了清澈

万家的灯火
在蛐蛐的竹笼里呻吟
举一本《呐喊》于头顶
躲避舞台上射来的光亮

麦子返青了
一朵荠菜花在盛开
在它的身下
土地,是我的底色

海之子

虽然相隔几十里
权当自己是海边人
每年到海边的次数不过几次
我的心里装着一片海
如果可以
就在海边的帐篷里退休
白天,浪花清澈我的双目
夜晚,用波涛敲响我的耳鼓

桃花

每一朵花都有自己
希望的田野
枝条上挑起的
是一朵朵闺中的胭脂
赏花人鱼龙混杂
绣球砸中的
许是你的情郎
也可能
是你的仇家

同属相的结

生命有长短
老家的房子也改不了命理
81 年, 属鸡
我与老屋
就打了个同属相怜的结

得悉老家城中村改造
本该做一次司晨的雄鸡
可那个结
在声带处紧了又紧

阳光是一群候鸟

影子缩短
阳光是一群候鸟

料峭的枝头
一些绿蜂拥开疆扩土

风牵着红绳
缝织着花与花的媒妁之言

太阳是一味真火
每一枚丹药
都期待修成正果

骨头

阳光下晾晒的
不一定都是硬骨头
硬骨头适合打磨手术刀
用来剥离腐、暗疮、隐疾
还可以用来毙命
那个死去的
一定患有软骨病

海边山村

朴实的农庄
在山肩上假寐
夜宿人采集着寂静

一声无名的鸟鸣
给黑暗划开一道伤口
山风是娴熟的外科医生

野花酣睡正香
做着桃花一样的春梦
月亮躲在云后偷窥

司晨的雄鸡跃上石墙
红色的海面
一轮太阳悄然出浴

旧时光

老屋不开电灯
适合点一盏煤油灯
熬母亲的华发

缝隙中探出野草
一年一年
撕咬着斑剥的土墙

咳嗽的风箱
像得了陈年的肺疾
把炉膛憋得通红

那座德式的旧钟表
不再追赶日子
像一尊入定的老僧

楚河汉界

故乡是楚国
竹林般竖起的高楼在汉界

在城乡接合部
雨后的春笋如大兵压境

苍天在上
农民工在扶起的大楼之下

一界之隔的楚汉
他们无力扶起一棵野草

最后

乌鸦栖上最后的枝头

一条土狗绕着残垣断壁转来转去

鱼儿吐出最后的泡泡

两只燕子攀在孤独的电线杆上悲悲戚戚

稀稀拉拉的油菜花营养不良

像一群遭弃的流浪儿

通往田间地头的土路

像一条断了七寸的土蛇

我拼尽全力的一声呐喊

为黑暗壮胆

在新疆

马队高过牛群
牛背高过羊角
四处游动的羊群
高过肆意生长的牧草
每一棵青草都高过我的头顶
它们和白云是亲密的玩伴
牧草与我有两千多米的落差

扫墓

坟土龟裂
像早年父母的手掌

仅有的几棵野草
被管理员丢弃一边
像今天到来的一群儿女

春阳高照啊

几滴水珠从眼角跌落
按住了一些
借风欲起的尘事

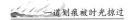

不同的清明

今天的痛比以往更深
除了父母给抓痛的
还有撕心裂肺的汽笛、警报

痛得重了会压坏床体
索性把这些痛刻成字碑
趁子时的钟尚未敲响
把它们往黑里埋

口罩劫

太阳陈旧
洒下的光芒带着锈斑
十里桃花
是一张粉嘟嘟的脸
赏花人穿梭在桃林间
喜怒哀乐整齐划一
所有的表情
都是一副口罩

站在五月的田间地头

站在五月的田间地头
绿色的回忆一浪高过一浪

麦浪把烈日推上头顶
汗水把镰刀打磨出浪的弧度
人力车码高了麦垛

在打麦场上
将一些童年的跟头拿出来翻晒

拯救

个把月的猫咪坠入两米深的院子
院子里多了一些生机
它悲悲戚戚不断地呼救
我旺了一些燥火
猫妈妈循声守护在猫崽的身边
爱怜与警惕的眼神相互交替

"猫奸狗忠"的谚语
是母亲烙在我幼小心灵上的印痕
对于猫咪
我更愿拯救母爱和弱小

急与缓

风也急, 雨也急
它们急着把树摇动
它们急着把下水道塞满
它们不知道的是
一壶茶缓缓地倒出
一缕香烟缓缓地升起
一页书纸被缓缓地翻过

五月，悲伤的菊花

清晨，母亲走了
毫无征兆，又那么的安详
就像每天的鱼肚白
就像鸡、鸭、猪，和土地上升起的卤气
都是你清晨的眷顾

是不是长卧两年的土炕太重
是不是那些曾经的眷顾失联太久
你走得静悄悄
像每天起床后轻轻掖过的被角
轻柔而又温暖

十年了
五月的天空
总有一种花香
像开了伤疤的菊花

通知书

心情像一张白纸
糟糕的时候就像白纸落上黑字

村东头的茔地
像冒出头的螺丝钉
扎眼更扎心

旺疃岭的怀念堂
像空中的楼阁
热闹更虚无

弟弟微信发来迁坟通知
像昨夜偷袭的冰雹
每个字都发出叮叮当当的声音

上苍也有顽疾

五月的风逐渐粗犷
五月的雨不再柔柔弱弱
那么多花修成了正果
就像这个苦尽甘来的春天
上苍也有顽疾
这噼里啪啦的冰雹
定是体内积攒了太多的结石

修车人老李

修自行车的老李
修过的车子自己也数不清
共享的年代
磨刀也成了他的营生
找他修车的人越来越少
磨过的刀越来越薄
迈开那条残腿
他摆动的幅度越来越大

第四辑

有一段记忆叫怀乡

眼见不一定为实

看到的不一定就是真相
就像宋化泉水库的一片白水
走近了才看清一座座撑起的蔬菜大棚
就像在苹果园直立跳跃的狗狗
跳跃到跟前才明白它的四肢残了两肢

昨夜泪眼婆娑的母亲向我哭诉了许久
想要起身加以安慰
只有妻子的微酣像深夜一样均匀

渺小

海浪涌过来的时候
我把一枚石子投向海水
海浪再涌过来的时候
我又抛出一枚石子
无数次的重复
都溅不起一朵浪花

请不要阻止一个中年投掷者
沙滩上
一层又一层的沙粒
为海浪殉情

区别

自幼被狗咬过
从此对狗产生了抗体
就像一条粗实的井绳
从井里拽过担水的老李头
在房梁上提过急于脱世的张寡妇
在田间咬过锄草的王老汉

女儿收养的三条狗狗
占据了院子的半壁江山
听到几十米外女儿的脚步声
它们同时欢呼雀跃
面对走近的我
一只在喝水，一只在进食
剩余一只在假寐

此时
一股凉风掠过我的后背

有一段记忆叫怀乡

六月的乡间

是九十九点九九打造

镰刀的牙齿脱落

收割机的嗓音高亢嘹亮

陈疾的腰肢不再躬身

脱谷机扬起满满的收获

有一种时尚叫新时代

有一种模式叫现代化

有一段记忆叫怀乡

恋旧

四十年的老屋空着
老主人去了天堂
后辈们在楼房里安家

屋檐下的燕子窝也空了
老燕子耗尽了气力飞回来
小燕子选择热闹的人家

蜘蛛是老屋的防护网
毁掉东屋的网
又把新家搬进西屋

我是个执着的人
用长满了铁锈的挂锁
一次次蘸上机油
一次次地扭动锁眼

老房子

敲第一下门
一群麻雀飞出了院子
敲第二下门
右舍的老嫂子探出头来打了个招呼
准备敲第三下时
指关节变成巴掌拍在了脑门上

其实不是健忘
其实是一种记忆的翻新
其实土坯墙上的斑剥
是母亲衣裳上的盐碱地

眼睛是黑与白的分界线

无须喜悦
人生的第一个音符就是哭腔

无须悲哀
降世后的第一张面孔就是喜悦

天空很轻
我们都是浩渺空间的尘埃

大地很重
回头的路上都是负重的足痕

眼睛是黑与白的分界线
打开就是朝阳
关闭就是永恒

大姐

身子矮一点
能节省些布票
身子瘦一点
拮据的粮食还能多省出几口
嗓门大一点
怕没了爹娘的弟弟妹妹们散了队伍

看着七十几岁的背影越走越小
不善言辞的我真想大喊一声：
"姐，留下，
让时间先走。"

天是破了的漏斗

麦子是安全的
赶在梅雨到来之前破壳
山河是安全的
虽有小恙但有神的护佑
玉米和土豆是安全的
接二连三的雨水掩盖了贫困与饥饿

天是破了的漏斗
所有悲剧和喜剧
大地都能愈合

对比

今年的七月底
像一道门槛
门外是阴雨绵绵
门内也是绵绵阴雨

被雨压制了多日的知了
在接近午夜时暴发
它们此起彼伏地呐喊
与我平静的诗行
显得格格不入

记忆

对于一辆随意丢弃
躺在整齐的草地上的自行车
我是没有感觉的
因为它需要扫码支付
我的手机从没扫过它
它唯一需要的
就是一只扶起它的手

对自行车最早的记忆
是三姐的专属
是十多口之家唯一能驮回工资的神兽
我可以接触它的唯一渠道是"偷"
自行车是有记忆的
被跌跌撞撞刮去的漆痕能够证明
我的皮肤也是有记忆的
小腿的伤痕和流血的膝盖是告密者

记忆是有保质期的
能够永久保鲜的最好办法
唯有书写
它能够照亮逝去的时光

锈锁

锁不常开会生锈
记忆不打开会尘封

室外的蛐蛐
总喜欢在夜深人静时拨动琴弦
这古琴存在了多久没有记载
每一次奏响
总会弹出老家的犄角旮旯

大半年回趟老家
那把锈迹斑斑的暗锁也闹起了罢工
放弃是最佳的选择

也许锁的想法是正确的
打不开心会放空
打开了
脚步会令陈土喊痛

一把知天命的镰刀

喜欢住楼房的理由很简单
窗明几亮，天空很近
照进的阳光都很年轻

前些日子回了趟老屋
墙上又多了些剥落的痕迹
像越积越深的老年斑

正在看那条
老家城中村改造的公示
一道薄薄的阳光闪进堂屋
像一把知天命的镰刀

成县机场

是鸟都喜欢栖上高枝
视野开阔还安全
成县的机场就是一根高枝
平原就像一枚钢镚儿
掰成八瓣也不够用
只有连绵不断的山峰
为你来我往的大鸟奉献出一片开阔

杜甫草堂

雨过天也没有放晴
像被秋风所破的茅屋
像凤凰台上落了几只麻雀
像薄衣短衫掩不住的同谷七歌

飞龙峡的水湍急有力
像壶口同肤色的黄河水
像石碑上苍劲的碑文
像碑文中屹立千年的诗骨

摩崖石刻《西狭颂》

雨大, 山体滑坡
通往峡口的山门为我们数人敞开
一排山竹顶着枯花夭折
张兄说, 今年是六十年一遇的庚子年

直流而下的瀑水
是黄果树遥相呼应的兄弟
九曲十八弯的涧水
像高一脚低一脚的马帮

伫立在摩崖石刻面前
我笔直的腰板躬了又躬

成县，我的兄弟

开在山顶上的停机坪
像结义兄弟举过头顶的高香
像未曾谋面又惺惺相惜的久仰

四天的时间像白驹过隙
只有深夜的梦语属于自己
也像芒刺在背的夏日
除了阴沉的野云
都是胜过二月的热情

杜兄不禁感慨：
"成县之行，我们背着巨大的饥荒而归。"

冬至

没有这个休止符
我不知夜空会拉伸到多长

柔软的饺子皮
在儿子的小手里包成一个个好奇

看着他笨拙的手法
仿佛十岁的我
只不过我包成的是期待
还有一声声吞咽的口水

还有几天就是儿子的生日
他奶奶去世时
他还是三个月的胎儿

雪后

严格地讲，这是今冬第一场有效雪

雪人是孩子们的心情
麦田是我的心情

一群褐色的麻雀飞进树林织网
一口枯井设下埋伏

枯枝在重压下骨折
像那口枯井穿越麦田发出的惨叫

回望越走越长的印痕
把人世间咬得猎猎作响

等待

在写字楼的走廊等人
香烟很长
一根连着一根
走廊很短
百多步瞬间碰了东墙碰西墙

手提笤帚和扫把的物业大姐
站在安全出口
她盯着我的神态
像一个称职的管教

第五辑

像一片落叶

二〇二一年的第一天

天空出奇的蓝
像手术台上一次性床单

太阳高挂在天
如燃烧着的炉膛

运动器械上站满了人
都想把拘禁的二〇二〇年伸展

这场新旧交替的大雪
封住了一些不可言说

白色的足球场上
孩子们奔跑后的脚印下
一簇簇绿色的火苗在积蓄

无奈

老屋空了
心也没了着落
院子里桂花树上的鸟巢已经年久失修

启动拆迁程序近仨月了
零零散散倒塌的屋脊
像蜡台上即将熄灭的蜡烛

夜空中众多的星星醉眼迷离
对于矗立或坍塌无动于衷

总有一只孤寂的眼睛显得格格不入
即使穿透了黑夜
也会显得苍白而又于事无补

在崂山高山滑雪场

数九的周日
天气晴朗,太阳刚刚好
周围的群山蓬头垢面,略显苍老
只有山坳里涌动的人群
与这片人造的白格格不入
我是过路的污点证人

腊月二十，深夜

我高喊一声
轰鸣的飞机越过楼顶

我低唤一句
远处的炊烟淹没溪流

庚子即将锁国闭关
健壮的黄牛用笛声唤醒了朝阳

叫卖馒头的喇叭声高过讨价还价声
鲜红的对联或平铺或悬挂
都无法掩盖泛白的旧桃

书架上的字根组合成一个锁具
把深夜勒得悄无声息

春天从未走远

开车途经柳堤

妻子说:

"柳条好像泛绿了。"

我转头瞥了一眼远处,回道:

"春天从未走远,

就像今天开始闭关的子鼠,

已经挡不住奋蹄而来的丑牛。"

人性

驱车十多里喝羊汤

费了好大劲找到停车位

在羊汤馆门前

案板上的羊五花大绑

拴在不远处的一只密切地注视着案板

店铺老板举起明晃晃钢刀的一刹那

拴在一旁的那只羊咩咩地叫了起来

脑海中跳出一个画面

硝烟弥漫的废墟中

两颗稚嫩的泪珠呆滞着

映出一位在血泊中没了生息的母亲

此时

我的知觉麻木

味觉已然占了上风

像一片落叶

过些年
我会回到混凝土浇筑的村庄
试图在零星的瓦片中认出
哪片是东邻的，哪片是西舍的
像一位考古人

会挨家挨户收集锄头、铁锨、镰刀和猪槽
像一位民俗家

会逢人便问
东家长李家短
像一个舞弄笔头的采风者

会点着名字打听儿时的玩伴
像一个把同桌唯一的橡皮
偷偷塞进衣兜的孩童

会走到曾经是茔地的村东头

分辨着路边的野草

哪棵是张三, 哪棵是李四, 哪棵是爹娘

像一片落叶

四喜丸子

还有两天就是除夕了

晚饭过后
厨房成了妻子的战场
剁肉馅，切葱花，调配各种调料

几小时后
十二个四喜丸子成功亮相
像分工明确的十二个月份

"这六个送给孩子姥姥，
这四个是留着给客人吃的，"
妻子小心翼翼地说道，
"剩下的两个是留给列祖列宗和公婆吃的。"

年三十的旧俗

鞭炮禁放，纸钱禁烧

带着浓浓亲情的香火也被禁止了

那就带三杯酒和一把黑布伞到父母的坟前

二老各一杯，我一杯

饮尽了旧岁就是新年

至于那把伞

我怕西行的太阳洒下两行雨

打湿我的衣襟

新年初月

今夜财神降临
驾驭着冽冽的北风

随处可见的金山银山
跳动着导航的火苗

天空挥舞着镰刀
像一个收割黑暗的农夫

除夕回老宅贴"福"字

草草地清理一下明面的垃圾
第一次没有在锈迹斑斑的铁门上贴对联
我固执地认为
一对"福"字能够涵盖一切

西邻的老嫂子第一次没探出身子
她常常是听到老宅的声响
假装倒污水出来看看

西邻已拆, 西邻的西邻已拆, 南邻已拆, 东邻如初
启动拆迁程序的村庄
像小雪节气挑选过的白菜地
拔走后留下一个个凌乱的土坑
剩下的像一排排龋齿

我没有勇气突破

两棵葡萄树在小院里生长了近十年
可能是寄我篱下的原因
总是那么谦卑,从没挺直过腰板

每年总有十几个果子点燃我的希望
可到了成熟期
它们就像一个个被扎破的气球
年年如此

我喂的肥料够足
还是家里圈养的狗狗生产的有机肥
我归咎于高高的院墙和密实的楼宇
能有啥办法
我没有勇气突破
这犬牙交错的钢筋混凝土

流浪者

穿过小区的步行道
两只肥硕的花猫优雅地从树丛中走出
一对花甲夫妻从对面走来
侧身看了眼走进灌木丛的猫
边走边说道：
"同样都是流浪者，
流浪猫比流浪汉胖多了。"

午夜，打开天窗

越活越多疑了
城市的黑幕帘刚刚合上
就把偷窥的窗口遮掩
不似乡下的玻璃
个个是条汉子
喜欢打开天窗说亮话

虚掩的柴门拴紧吠犬
把思春的猫从屋后放出
翻来覆去的心事
若不是月亮出来惹祸
转身就会看见
值守的星星不设防

冰花

我说与你失散多年
有人轻轻地摇头
也有人颔首表示赞同

我说与你只有两层玻璃的距离
有人嗤之以鼻
也有人若有所思

我说与你分手在泥土小路和沥青路的交会处
有人愤然转身
也有人一脸惆怅

我说与你相识在袅袅的炊烟中
有人看我如流浪者
也有人禁不住哼起了乡愁

瞬间悟到了你的性格

寒冷是你的骨头

泪流满面时总有温暖升起

冬天真的挺好

其实, 冬天真的挺好
洁白得落不下一只蚊蝇
连沾过黑的鞋子
也不会留下一丝污迹

土坯炕头上
那个盛着廉价老白干的酒杯
常常会飘出父亲的柳腔
而母亲宽大的棉袄里
常常会钻进两只冰凉的臭脚丫

冬天真的挺好
一个半百的中年
又一次把曾经的少年尘事打开

第六辑

太阳的弃儿

春雨

花那么拥挤
每一片树叶都是弱势群体

雨那么贵
落下时我不曾撑起伞来

我需要提防的是
那些如流水的落花瞬间即逝

淤积

一件事情重复多了就会淤积

就像一个特定的节日

就像瘫痪后母亲的双腿

就像清晨醒来

母亲却不再醒来的那个电话

就像一路疾驰被忽略的红灯

就像那个陈旧的土堆

即使喊破了嗓子

再也不会应答

各有所好

坚持了十多年的葡萄架被拆除
搭在上面的葡萄树每年有果却无终
空出的地种草，栽栀子花、玫瑰花、牡丹花
它们的名字耳熟能详
来自流行歌曲、电影和爱情

盆栽的珍珠梅探出长长的枝头
指向的方位是墙根密实的野苔藓
那些娇艳的花草它视而不见
小小的米花才是它的真爱

盆景

穿一身青花
装扮成耐看的样子
植物的叶子有毒
选一枚蜗牛壳在苔藓上假寐
再大的花蕊也包不住
一颗种子破壳

回忆

回忆有三种

一种是撕心裂肺的
像吸出父亲喉咙里的那口恶痰后
他依然走了
像那个毫无征兆的清晨
母亲的眼睛亮了一下
却永远暗了下去

一种是棉花糖
像父亲卖完自留地的韭菜
手里变出了几个热腾腾的包子
像劳累了一天的母亲
把她自己给哄睡
而我却眨巴着眼睛看着她

一种是疏于加盐的日子

它们总是溜得太快
像一群一哄而散的麻雀

风

自春至夏
风像一个好动的孩童

一个漏洞百出的塑料袋
经过几番起起伏伏的挣扎
挂在了一根高高的枝头上
如下了最后的决心
向毫无休兵之意的风举起了白旗

深夜与"父亲"促膝

白天太拥挤
人流、车流、鲜花,还有朋友圈
连禾苗和连片的蔬菜
也被这入夏以来最热的浪炙烤着

我不敢挤出一方空地去栽种"父亲"二字
二十多岁的女儿只种她的父亲
知道我不胜酒力
把蛋糕做成了酒瓶的形状
上书"父爱如山河"

温度高了易于发酵
比如土地、庄稼和那捆尚未干透的艾草
它们都需要在夜深之时翻晒
那个逝去三十二年的背影
也需要在夜深之时过滤

不想捯饬一些陈糠烂谷子
十多口人的家庭也没有过多的余粮
只想享受您从未施舍给我的一次暴揍
这是我年幼的儿子偶尔提及的一个玩笑

酒瓶样的蛋糕在逐渐融化
忽明忽暗的烟头向指间靠拢
您最爱的两个陋习
与我今晚促膝

印象夏天

火旺起来的时候
就会想念瞌睡
打着卷儿的叶子
像立在密枝下打盹的鸟雀

声音高亢的时候
知了会一刻不停地喊
嗓门最大的
莫过横扫数千米的雷公

在声光交错的日子
雨,总是高调地登场

不同的回归

在陇南
一口棺木引领一群人
走向荒芜
像完成了一次使命
平静又安详
而在我的故乡
生命的最后归宿
只有几十平方厘米

七月的"烟花"

天空拉上了黑幕
一切归于真实

树枝抛弃优雅
知了保持沉默

行走江湖的人
一把伞就是最好的防身物

第一声啼哭和最后的沉寂
只有一碗孟婆汤的距离

一片知天命的桑叶

南邻笔直的屋脊轰然坍塌
挖掘机竖起宣誓的铁臂
老家的心脏上
又一个癌细胞破裂

站在家徒四壁的天井里
向我靠拢的蛛网
越织越多，越织越大
一片知天命的桑叶
能保住的
只有一丝念想

立秋之日

一夜之间
一切都没有变化
一切又在发生着变化

墙角的三角梅依然泛着绿光
知了仍旧扯着嘶哑的嗓子
路上的行人躲避着更强的光

抬头看看白云
似乎比昨日更疏远了我

弧线

在喀布尔机场
一个大眼睛的小男孩
穿过惊慌的人群
攀爬上一个障碍物
追寻着刚刚起飞的飞机

一只白色的鸽子掠过头顶
划出一道子弹发射的弧线

生物钟

这毫无人性化可言的生物钟
像一列惯性的动车
把青岛的五点半载到了上海

应该是给五年级的儿子做早餐时间了
而此时
我不开灯，不拉窗帘
就这样平躺着
用青岛的黑盯着上海的黑
像回放一段老场景

归宿

这些带着湿气的叶子
对于我的踩踏都默不作声
就像星星悄然挤走夕阳
就像黑发静静地被白色切割

这簇拥着的金色蝴蝶
在一次平凡的旅程中落脚
有风或者无风都不再重要
一场即将赶来的雪
会清除它们所有的痕迹

迎面而来的都是我的亲人

山是父亲的肩膀

河流是母亲的乳汁

麦苗依然是青春的模样

只是天空的云朵有些老气横秋

回家的路少了羊肠的弯曲

多的是条条墨色的笔直大道

踏上故乡的土地

迎面而来的都是我的亲人

太阳的弃儿

大雪第二天
太阳毫不吝啬地
探进我近三十平方米的茶室

十几米外
一个新的楼盘
在搅拌机里翻滚
歇斯底里的摇滚乐
透过敞开的窗户
与袅袅升起的茶气相辉映

牛兄随口来了一句：
"你这小小的茶室，
很快就会成为太阳的弃儿。"

冬至呻吟

今天是冬至，从此
我将雪藏更多的绿色
让青筋暴突的骨骼
显得秀色可餐

站在住院部大楼的窗口，俯瞰
纵横交错的公路血管
已经分不清哪一条是动脉
哪一条是静脉
蜗行的细胞
不时地亮起红色的尾灯

而我的身后
断断续续的呻吟声
像在越来越深的寒冬伤口
撒上一把一把的盐

新年辞

过新年总要添加一些新元素
新衣服, 新碗筷, 还有拜年的表情包

年夜饭不过是吃些旧食材
喝陈年酒, 想一些故人
酒是最好的麻醉剂
喝多少就是多大的剂量

我的梦像城里的深夜一般平静
冷不丁醒来
定是一串不安分的爆竹来访

顽疾

周边数百平方米都是横七竖八的残垣断壁
唯有我的老屋
劫后余生, 衣衫褴褛

钉子有钉子的无奈
我不是一枚钉子

第一次大年初一没去打开锈迹斑斑的铁门
对于我
老屋是伴生在心脏上五十余年的顽疾

立春日

得注意脚下的土壤
松散之下隐藏着冻土
冻土下面有未醒的蛹虫

如果看到一颗石子有生命的迹象，请绕行
给予它的
定是一棵芽苗弓起的脊梁

立春后

河床消瘦
平滑的冰面骨质疏松
更多的水被剥离

立春后的河堤上
轻盈的姑娘一晃而过
一丝扭动的微风
穿越两排低垂的柳枝

三月的雨

疫情的云需要冲刷
坦克的蹄印需要掩埋
含羞的樱花
落下一滴滴泪珠
一只洁白的鸽子
划出一道弧线

零是虚无的符号

零是虚无的符号
也是吹响胜利的号角

一份清零复工的通告
大街小巷的人鱼贯而出
像三月的雨平静而喜悦
像不经意的花朵平凡又热烈

麦田里，荒野中
三三两两找寻野荠菜的女士
像忽然冒出的不同打扮的蝴蝶
迷醉了春天

清明的孤岛

这些孤岛啊
让我想起了老家木门上
镶嵌着的一颗颗铆钉
锈迹斑斑的荒草
是一层包浆的情绪
夹杂着的几朵荠菜花
像散落的星火
在人世间燃烧

石碑

石头是无辜的
为何背负的碑文入石三分
我没有见过造碑的石匠
是悲悯还是凶煞
抚摸着这些文字
像要抚平父母脸上的岁月

清明，打开文字的闸门

请原谅我打开闸门

今年的春天天干物燥
今日的清明命中缺水
你看这些绽放的小野花
欲哭无泪
你看那些荒凉的野草
等待着救赎

这一发不可收拾的文字啊
在阴阳两界奔腾

立秋日

打开窗户
扑面的气浪续送着白日的温度
像达坂城热情奔放的姑娘

歇斯底里的知了划破黑夜
盖过了对面楼上断断续续的争吵

空调室外机产生的共鸣
像近期国民们对某个事件的同仇敌忾

几只秋虫尖细的低吟
在这个节气里显得如此底气不足

回忆

老屋终于拆除了
每一个瓦片都向着这方土地
弯腰屈膝
就像久久不舍的思念

每一块拳头大小的石块都有几百米的路程
夯土的黄土墙
我的双脚深陷其中无法自拔

如果可以
真希望锋芒毕露
也得学竹子低头

中元节快到了
那些顽强的草
高过父母的冢屋
也可能在某一天
高过我的头颅

穿越

第七辑

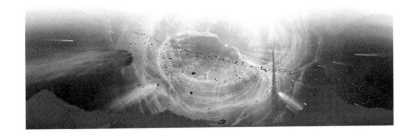

拜谒孔孟府庙有感

此时夜深人静
一些思绪在十二楼释放

抱拳,向苍翠的柏树行礼
千百年的腰杆依然挺立
向雷击过的古槐行礼
透过顽强的身躯依旧洞槐望月
向林立的石碑行礼
它们聆听圣贤的教诲毕恭毕敬
向屹立的殿堂庙宇行礼
每一块瓦片都闪耀着光辉

两千五百余年的长河缓缓流动
我扣动这些文字的手指
屈膝穿过万仞宫墙

穿越

在孔府的大成殿前
上白下黑着装笔挺的教员背对殿门
他的讲解字正腔圆，语速均匀

我面对着雄伟的殿堂垂手而立
每听到一句赞美圣贤的话后
不自觉地向对方靠拢一点

当教员的讲解完毕
我背手的动作
像一个穿越千年的弟子

十六的夜晚写十五的月

不想蹭你的亮度
昨夜的目光已经太多

不想蹭你的热度
无数邀你的酒杯高高举起

今夜的酒杯空无一滴
只有一双知天命的花眼凝视

一团薄薄的云朵从空中掠过
像老家五十几年的瓦房
碎成了一地瓦片

月圆之夜感怀

举头望见的依旧是那轮明月
笔下的老家再也升不起袅袅炊烟

满目的残垣断壁
像经历了一场激烈的战斗

远处一栋栋拔地而起的高楼
挺着胜利者的腰杆

屋前那棵孤立无援的国槐
禁不起一丝猎猎作响的风

雨

雨落下的时候
我的心沉了一下

雨停了
天地像僧人扫过的寺庙
心中有木鱼轻轻敲响

每一滴雨
都是令人敬畏的神明

在桂花盛开的季节

大雁结队南飞

天空拉高了距离

零散的白云像一些头发稀疏的游子

葡萄架下围坐的家人

采摘着季节

也收获着喜悦

我想说的是夜晚

阵阵的幽香漫进书房

像隔了一个夏季的春雨

我向来嗅觉灵敏

短时的眯眼辨别

十余年的丹桂悄然盛开

开得那么热烈

唯有桂树间的两个鸟巢

像两位空守的老人

在繁花中对望

秋雨过后

夜这么静
浅唱的秋虫显得无精打采
怕一张嘴巴钻进满腹的冷气

前几天正浓的桂香
已是满地的明日黄花

趁银杏树尚未披上金甲
趁另一场风还没启航
我得包裹好被夏天锻打过的皮肤
躲避那即将紧锣密鼓的冷箭

寅时

几声鞭炮在寅时炸响
朦胧中我听到母亲的小脚与瓷砖的沙沙细语
祭祀的香气如父亲粗糙的手般温柔
年夜的饺子依然是白菜猪肉
这熟悉而恒久的味道
在我嗅觉的崖壁上烙成碑刻

妻子的咳嗽声在黑暗中此起彼伏
我的胸膛被撞击得隐隐作痛
开灯下床煮陈皮水
平静又归于黑夜
一些思绪却在老屋升起炊烟

残存的人间烟火

一回到老家的村子车速就慢了下来
每一脚油门都无骨般柔软
一群麻雀兀自捡拾着人间烟火
满目的残垣断壁在北风中咳嗽不止

站在老屋的遗址旁如一座冰雕
那些砖瓦石块流露出既亲切又无奈的表情
门口那棵碗口粗的国槐孤零零地站着
也不知能否等到明年的新绿

村南一幢幢高楼还是水泥的肤色
建设者们都在赶往春节的途中
远处传来噼里啪啦的爆竹声
一缕炊烟从没有拆除的邻居家飘起
它们飘忽不定的样子把我扯得凌乱不堪

新旧交替的日子特别凉

这新旧交替的日子特别凉
黑色的乌鸦栖于光秃秃的梧桐树
它俯瞰人间的表情阴晴不定
白色的棉布包裹着僵硬的身体
他们排着长队等待着人间最后的暖

白沙河的眼泪结了冰
乌云笼罩下的芦苇荡黯淡无光
再多的纸钱也无法填满病魔的欲望

墨水河不再漫过石板桥
冰层下成群的鱼静静地游过浇筑的拱桥
一群褐色的雀鸟从一片华发的芦苇
飞向另一片芦苇

白沙河南下,墨水河北上
我游走在黑白交错的人间

除夕的生物钟

除夕的生物钟喊醒了我的清晨
相信第一声鞭炮声即将敲响
希望的新桃跃跃欲试
只想换了人间
昨日将宗谱擦拭一新
他们想尽快享受难得的团圆和丰厚的供奉

客厅的挂钟有节奏地行走在时间的怪圈里
脑海里翻腾的浪花熟悉但渐行渐远
父母的音容笑貌
由远而近,光亮如初

独步奥林匹克公园

几十条游船被一根粗壮的绳索串在一起
与伏尔加河上的纤夫如出一辙
锁住它们的还有非一日之寒的冰面

茂密的竹林依然泛着绿色
只是昨夜的寒霜增添了几分苍白
这是麻雀们久经考验的庇护所

湖心岛上的梅花在积攒着勇气
有几朵已经按捺不住内心的喜悦
它们与瘦削的冷风和我的口罩显得格格不入

三三两两的野鸭旁若无人地滑行
偶尔几只觅食的把头扎进水里
那笨拙又可爱的样子像极了童年的我

阳光在几朵不安分的脸上绽放

青色的砖，白色的灰
我是穿越六百公里人间烟火的过客
狭窄的东关街锁着的也是过客
只有坚硬的石板路和林立的街铺守护着过往

灯红酒绿的古渡物是人非
运河呼呼而过的风掩盖了那些咳嗽不止的日子
一个个追逐的浪花翻阅着厚重的史书

何园与个园不再是深闺大院
老旧的房屋冷漠地注视着如织的前堂客
翠绿的竹林和穿堂而过的风在窃窃私语

大明寺的钟声从南朝传进耳鼓
一群鸽子在施舍着一份快乐
栖灵塔窝藏着疾苦，俯瞰着繁华

消瘦的湖水与我背道而驰
两岸匆匆而过的枫亭轩榭隐匿了琴瑟
一棵棵蜡梅待字闺中
阳光在几朵不安分的脸上绽放

月亮比昨夜丰盈了许多

公园的路灯醒着
树上的鸟一些醒着，一些在假寐
空中的鸟鸣紧盯着几颗星辰

一阵风于竹林处一哄而散
一池湖水近看有褶皱，远看似平镜
野鸭的一声鸣叫在芦苇丛里晃了几晃

健步人稀稀拉拉的影子伸缩自如
策马扬鞭的雕塑缓缓后撤
拐弯处的月亮比昨夜丰盈了许多

诗与远方

要把远方留给自己

盖几间土坯房,生一缕人间烟火

房前浇水养育几畦蔬菜,打发半百后的时光

畦间栽一株牡丹,装扮成富贵的游子

屋后种梧桐树,为希望做个窝

养一只忠贞不贰的狗看家护院

哦,对了

墙角要栽几棵竹子,学习如何抬头挺胸

给诗撤掉缰绳,任其流浪

为流浪者送上一床被子和几片面包

为荒山披上绿色的外衣

让河流能看清游来游去的子嗣

在草原上养遍野的蝴蝶

哦,还需要一对白鸽的翅膀把战火扑灭

惊蛰日

整整一天
都在等待那声炸雷

河里的冰没有那个耐性
消瘦得无法落脚一只麻雀

田里的麦苗沉寂了很久
悄悄地抬起了头

两只黄嘴雀展开成年的翅膀
迫不及待地造窝修果

一只昆虫拱破回生的僵土
与一缕阳光撞个满怀

水在三月里消瘦

水在三月里消瘦
急需一场雨来丰盈
一些绿色的心思从石缝间探出苗头
在寒风过后的枝条上苏醒
一队队野鸭从苍白的芦苇荡鱼贯而出
整群的鱼儿落荒而逃

梅枝的碎花裙尚未褪去
洁白的玉兰高傲地登场
驻足在刚刚苏醒的黄土地
浓烈的油菜花已微醺在江南
待字闺中的桃李少女
一定在梳妆台前涂脂抹粉

一只风筝脱缰蹿上天空
牵着一个奔跑的孩童
像牵着一个匆匆而来的春天

说立夏

不得不说
连续几天的阴雨是春天的最后挣扎
拉开窗帘
与一大束阳光撞了个满怀

今天
鸟儿适合在树间跳舞欢唱
鱼儿应该在浅水区翻晒鳞片
我
用一杯绿茶化解暑气

翠绿的柳枝向深绿转变
迎春花的叶子向四周探索
土地上有阳气袅袅升起